AS CINZAS DE PIRANDELLO

Roberto Alajmo

AS CINZAS DE PIRANDELLO

Tradução
Francisco Degani

Ilustrações
Ivan Medeiros

São Paulo – 2022
1ª edição

Meglio mettere le mani avanti: premessa.

Le ceneri di Pirandello è il moncherino superstite di un libro più vasto, che non scriverò mai. Si sarebbe dovuto intitolare *Post Mortem*. Un libro che a giudicare dall'apparenza del titolo può sembrare velleitario, ma che poi, se fosse stato realizzato, sarebbe risultato meno presuntuoso del previsto. O almeno spero. Doveva essere dedicato a indagare, sì, su quel che ci aspetta dopo la morte; tuttavia l'espressione "post mortem" andava interpretata da un punto di vista non spirituale, ma proprio fisico, corporale. L'anima, per quanto mi riguarda, è libera di fare quello che vuole; la conosco, si arrangia in tutte le situazioni e di sicuro troverà modo di cavarsela: è il corpo quello che di sicuro smette di divertirsi. È il corpo, che mi preoccupa.

L'idea era di un libro che mettesse assieme una serie di avventure capitate a uomini illustri dopo essere trapassati. Assieme al mio amico Marco Carapezza ero riuscito a ricostruire una serie di vicende che riguardavano personaggi della storia o dell'arte, vicende che toccavano fino a un certo punto la grandezza d'animo dei protagonisti, ma che il corpo di ciascuno di loro aveva dovuto subire quando il legittimo proprietario ormai non poteva fare niente per opporsi o rimediare. Le cose

Melhor antes me precaver: premissa.

As cinzas de Pirandello é o cotoco remanescente de um livro maior, que nunca escreverei. Deveria se intitular *Post Mortem*. Um livro que, a julgar aparentemente pelo título, pode parecer pretensioso, mas que depois, se tivesse sido feito, resultaria menos presunçoso do que o previsto. Pelo menos assim espero. Deveria, sim, ser dedicado a investigar o que nos espera após a morte. Entretanto, a expressão "post mortem" deveria ser interpretada de um ponto de vista não espiritual, mas físico, corporal. A alma, pelo que sei, é livre para fazer o que quiser. Eu a conheço, ela se arranja em todas as situações e certamente encontra um jeito de se virar: é o corpo que deixa de se divertir. É o corpo que me preocupa.

A ideia era a de um livro que juntasse uma série de aventuras acontecidas a homens ilustres depois de falecidos. Juntamente com meu amigo Marco Carapezza, eu conseguira reconstruir uma série de casos a respeito de personagens da História ou da Arte, casos que, até certo ponto, tocavam a grandeza da alma dos protagonistas, mas que o corpo de cada um deles tivera que suportar quando o legítimo proprietário já não podia fazer nada para se opor ou remediar. As coisas tendiam a

tendevano a complicarsi proprio nel momento in cui la maggioranza dei biografi deponeva la penna.

Dalla quantità e dalla consistenza delle storie si ricavava una lezione: quando i posteri si trovano finalmente ad avere campo libero, per i grandi uomini si fa dura. È la vendetta dei mediocri, forse. O il destino, o l'abbrivio di una vita che, seppure seriamente impostata, dopo il decesso vira di colpo verso il genere comico. Magari è una forma di sfogo compensativo.

Goya venne decapitato nella tomba a causa di un complotto medico-pittorico-nazionalistico, e il suo cranio finì disperso in maniera rocambolesca.

A Mazzini toccò venire trasformato in un ciocco di legno, come Pinocchio, mediante un procedimento di imbalsamazione all'avanguardia.

Dante Alighieri dovette affrontare l'esilio anche dopo morto.

Evita Peron, per una forma di beffardo contrappasso, dopo avere iniziato la sua carriera come attrice, trascorse una parte di eternità nascosta dietro lo schermo di un cinema.

se complicar exatamente no momento em que a maioria dos biógrafos largavam a pena.

Pela quantidade e pela consistência das histórias, retirava-se uma lição: quando as gerações posteriores finalmente encontram campo livre, para os grandes homens a coisa fica preta. Talvez seja a vingança dos medíocres. Ou o destino, ou o impulso de uma vida que, mesmo seriamente organizada, depois do falecimento, repentinamente se volta para o gênero cômico. Quem sabe é uma forma de desabafo compensatório.

Goya[1] foi decapitado no túmulo por causa de um complô médico-pictórico-nacionalista, e seu crânio acabou extraviado de maneira rocambolesca.

Mazzini[2] foi transformado num tronco de madeira, como Pinóquio, mediante um procedimento de embalsamamento de vanguarda.

Dante Alighieri[3] precisou enfrentar o exílio mesmo depois de morto.

Evita Perón[4], com uma espécie de um irônico contrapasso, depois de ter iniciado sua carreira como atriz, passou uma parte da eternidade escondida atrás da tela de um cinema.

---

[1] Francisco De Goya (1746-1828).
[2] Giuseppe Mazzini (1805-1872).
[3] Dante Alighieri (1265-1321)
[4] Eva Perón (1919-1952).

Papa Formoso venne tirato fuori dalla tomba, e il suo cadavere processato *in effigie*, condannato, mutilato e gettato nel Tevere.

Molière finì seppellito a tre metri di profondità, dopo lunghe polemiche, per aggirare il divieto ecclesiastico di sepoltura degli attori in terra consacrata, vale a dire all'interno dei camposanto ma fino a una profondità di due metri.

Lenin, immerso in una specie di salamoia, divenne oggetto di un culto della personalità che, turisticamente parlando, resiste ancora oggi.

Sant'Agata la tagliarono a trance per aggirare le barriere doganali nel corso dei rimpatrio.

E così via.

A conti fatti, però, un libro così collezionato poteva prestare il fianco a quel genere di ostilità, da parte dei grande pubblico, che non riguarda questioni meramente stilistiche, ma proprio di contenuto. Malgrado il tono narrativo leggero, l'argomento stesso del libro poteva sembrare di cattivo augurio. Un pregiudizio, d'accordo. Ma un pregiudizio di cui uno scrittore meridionale deve tenere conto. Per cui, alla fin fine, di quel libro ho deciso di non farne niente.

O Papa Formoso[5] foi retirado do túmulo, seu cadáver foi processado *in effigie*, condenado, mutilado e jogado no Tibre.

Molière[6] acabou sepultado a três metros de profundidade, depois de longa polêmica, para escapar da proibição eclesiástica de sepultura de atores em terra consagrada. Ou seja, dentro do campo santo, mas a uma profundidade de dois metros.

Lenin[7], imerso numa espécie de salmoura, tornou-se objeto de um culto da personalidade que, turisticamente falando, resiste ainda hoje.

Santa Ágata[8], ao ser repatriada, foi cortada em pedaços para escapar das barreiras alfandegárias.

E assim por diante.

No fim das contas, um livro desse gênero poderia ser alvo fácil, por parte do grande público, àquele tipo de hostilidade que não se limita a questões meramente estilísticas, mas de conteúdo. Apesar do tom narrativo leve, o próprio assunto do livro poderia parecer de mau agouro. Um preconceito, concordo. Mas um preconceito que um escritor meridional deve levar em conta. Por isso, no fim de tudo, resolvi não mais fazê-lo.

---

[5] Papa Formoso (816-896).
[6] Jean-Baptiste Poquelin (1622-1673)
[7] Vladimir Ilyich Ulianov (1870-1924)
[8] Águeda da Sicília (235-251)

La storia più bella, pero, è quella che riguarda Pirandello.

Ed è talmente bella che meritava di essere pubblicata in maniera a sé stante. Perché se è umano e invano confidare che la bellezza possa sconfiggere la morte, c'è più fondata speranza che possa resistere almeno alla iettatura.

No entanto, a história mais bonita é a de Pirandello.

E é tão bonita que merecia ser publicada separadamente. Porque, se é humano e em vão acreditar que a beleza possa derrotar a morte, no fundo, há pelo menos a esperança de que possa resistir ao mau-olhado.

Le ceneri di Pirandello

Se e quanto ci tenesse al ruolo di drammaturgo persino in occasione della propria morte, è provato dal fatto che, quando capì, si fece portare il registro delle partecipazioni funebri prima ancora che venisse esposto al pubblico, e volle essere il primo a firmare. Nella casa di contrada Caos, fra Agrigento e Porto Empedocle, si conserva questo registro delle condoglianze, e il primo nome in alto è proprio il suo: Luigi Pirandello.

Il primo a dispiacersi per la propria morte era lui stesso. Una premura comprensibile, se si considera che la morte e i suoi inevitabili effetti collaterali gli erano sempre stati molto a cuore. Anche in questo, Pirandello risultava profondamente legato alla sua terra natale. La morte, per un siciliano, non è mai un problema prematuro. Se ne parla, la si frequenta in continuazione, foss'anche solo allo scopo di esorcizzarla. A tre anni, in Sicilia si è abbastanza grandi per sapere di dover morire, prima o poi. Da qui l'enfasi con cui in tutta l'Isola si celebra la festa dei morti. Festa, nientemeno. Non celebrazione, non

As cinzas de Pirandello

Se e quanto Pirandello era apegado ao papel de dramaturgo até por ocasião de sua morte, é provado pelo fato de que, quando viu que chegara a hora, pediu que lhe trouxessem o registro de participações fúnebres ainda antes de ser franqueado ao público, e quis ser o primeiro a assinar. Na casa de Caos[9], entre Agrigento e Porto Empedocle, está guardado o registro de condolências, e o primeiro nome ao alto é exatamente o dele: Luigi Pirandello.

O primeiro a se lamentar pela própria morte foi ele mesmo. Um cuidado compreensível, considerando-se que a morte e seus inevitáveis efeitos colaterais sempre lhe foram muito caros. Até nisso Pirandello estava profundamente ligado à sua terra natal. A morte, para um siciliano, nunca é um problema prematuro. Fala-se dela, convive-se continuamente com ela, talvez até com o objetivo de exorcizá-la. Aos três anos, na Sicília, já se é suficientemente grande para saber que, cedo ou tarde, se deve morrer. Daí a ênfase com que em toda a ilha se celebra a festa dos mortos. Festa, exatamente isso. Não celebração, não dia da

---

[9] Caos é a denominação dada a um lugar próximo a Agrigento, onde a família de Pirandello possuía uma espécie de casa de campo. Pirandello nasceu nesta casa, em 28 de junho de 1867.

giorno della memoria: festa. E, dei morti. Cosa c'è da festeggiare nella morte? Quale allegria nella commemorazione dei defunti? Eppure in Sicilia è così. I morti sono morti solo fino a un certo punto. Interagiscono coi vivi, si presentano alla bisogna per dispensare giudizi e consigli. Ingeriscono nella vita di famiglia avendo anzi maggior titolo per dire la loro, sulla base dell'esperienza.

Per dire: nella notte fra l'uno e il due novembre i morti portano regali ai bambini, un'usanza che agli occhi della modernità potrebbe sembrare *splatter*, ma che ancora oggi si ripete senza che appaia raccapricciante per nessuno. Ancora: ai nipoti viene imposto lo stesso nome dei nonni; questi ultimi si impegnano a proteggere la discendenza dall'aldilà, e i bambini, in cambio, continuano a perpetuare la memoria degli avi.

Questa incombente presenza dei trapassati non va intesa in senso soltanto spirituale. Spesso non si riesce a prescindere dalla loro fisicità. Fino al secolo scorso a Palermo poteva capitare, dopo morti, di essere appesi al muro come un quadro d'arredamento. È quel che è successo alle centinaia di cadaveri che si trovano esposti alle catacombe dei Cappuccini, dove i palermitani oggi amano accompagnare gli ospiti stranieri per il gusto puro e semplice di scandalizzare.

In passato succedeva che nel giorno dei morti, o all'anniversario della dipartita, la famiglia venisse a fare visita alla buonanima. Alcune sedie venivano disposte ai piedi del cadavere

memória: festa. E dos mortos. O que há para festejar na morte? Qual alegria existe na comemoração dos defuntos? Mas na Sicília é assim. Os mortos estão mortos só até certo ponto. Eles interagem com os vivos, quando necessário aparecem para opinar e dar conselhos. Intrometem-se na vida familiar até com maior autoridade para dar palpites, com base na experiência.

Por exemplo: na noite entre um e dois de novembro, os mortos levam presentes às crianças, um hábito que, aos olhos da modernidade, poderia parecer assustador, mas que ainda hoje se repete sem parecer repugnante a ninguém. E mais: o nome dos avós é imposto aos netos, ou seja, os avós se empenham, do além, em proteger sua descendência, enquanto as crianças, em troca, continuam a perpetuar a memória dos avós.

Essa ameaçadora presença dos antepassados não deve ser entendida apenas em sentido espiritual. Com frequência não prescinde do aspecto físico. Até o século passado, em Palermo, podia acontecer que os mortos fossem dependurados na parede como uma peça de decoração. Foi o que aconteceu a centenas de cadáveres que estão expostos nas Catacumbas dos Capuchinhos, onde hoje os habitantes de Palermo adoram levar os visitantes estrangeiros pelo puro e simples prazer de escandalizar.

Antigamente, no dia dos mortos, ou no aniversário da morte de alguém, a família visitava o falecido. Algumas cadeiras eram dispostas em volta do cadáver embalsamado e come-

imbalsamato e cominciava la conversazione. Argomento erano di preferenza gli eventi dell'anno trascorso dall'ultima visita. La conversazione col morto era un rituale che poteva andare avanti anche per mezza giornata. In certi casi era previsto anche un rinfresco che veniva appositamente portato da casa.

Una versione analoga della visita al morto si pratica ancora oggi: il due novembre i parenti superstiti si presentano al cimitero e si dispongono attorno alla tomba di famiglia. L'unica vera differenza è la disposizione del morto, che in questo caso è orizzontale. Quasi uguali sono invece i discorsi e uguale è lo stato d'animo dei familiari, che risulta tutto sommato abbastanza fatuo. L'atmosfera è quella di un picnic, e ai ragazzini si concede quel genere di chiassosa libertà che è normale, per una giornata trascorsa all'aria aperta. Il morto era e resta uno di famiglia da far sentire il più possibile a proprio agio. Anzi: tanto più da non deprimere ulteriormente con discorsi malinconici, in quanto già costretto a passare il tempo – verrebbe impropriamente da dire: la vita – in un vero e proprio cimitero. I parenti si sentono insomma in dovere di tirarlo su, almeno quella volta all'anno in cui vengono a trovarlo: da qui i discorsi che a prima vista possono apparire leggeri al limite della frivolezza.

Questa digressione per dimostrare che in Sicilia il rapporto con la morte non si esaurisce nella tragedia. Parte, semmai, dalla tragedia per arrivare alla commedia. E viceversa, eventualmente. Tutta l'opera di Pirandello è ispirata a questa re-

çava a conversa. O assunto era preferencialmente os eventos do ano que se passara desde a última visita. A conversa com o morto era um ritual que podia durar até meio dia. Em certos casos, era previsto até um refresco, que era trazido oportunamente de casa.

Ainda hoje se pratica uma versão análoga à visita aos mortos: no dia dois de novembro, os familiares sobreviventes vão ao cemitério e se colocam ao redor da tumba da família. A única diferença é a posição do morto, que, neste caso, é horizontal. As conversas, entretanto, são quase iguais e o estado de ânimo dos familiares é o mesmo, o que acaba sendo, no fim das contas, bastante superficial. A atmosfera é de um piquenique, e se concede às crianças aquele tipo de barulhenta liberdade que é normal para um dia passado ao ar livre. O morto era, e ainda é, alguém da família que deve ficar o mais possível à vontade. Aliás: alguém que não deve ficar ainda mais deprimido com conversas melancólicas, já que é obrigado a passar o tempo – poderia se dizer impropriamente: a vida – num autêntico cemitério. Ou seja, os familiares sentem-se no dever de animá-lo, pelo menos naquele dia do ano em que vão visitá-lo: por isso a conversa, à primeira vista, pode parecer superficial até o limite da frivolidade.

Essa digressão é para demonstrar que na Sicília a relação com a morte não termina em tragédia. Parte da tragédia, se for o caso, para chegar à comédia. E eventualmente vice-versa. Toda a obra de Pirandello é inspirada nessa relação, e nem mesmo

lazione, e nemmeno le sue vicissitudini *post mortem* fanno eccezione, come se a muoverle fosse una specie di abbrivio che derivava direttamente dall'opera letteraria e teatrale. Anzi: si può dire che la più paradossale proprio: pirandelliana delle avventure doveva capitargli dopo essere morto.

suas vicissitudes *post mortem* são uma exceção, como se fossem movidas por uma espécie de impulso que derivava diretamente da obra literária e teatral. Aliás: pode-se dizer que a mais paradoxal das aventuras – propriamente: pirandelliana – lhe aconteceria depois de sua morte.

Pirandello aveva una certa considerazione di sé, e tutt'altra delle persone che lo circondavano. Doveva certo dispiacergli morire, specialmente per poi essere costretto a lasciare la gestione drammaturgica della propria morte a persone incompetenti. Cercando di limitare i danni, già da tempo aveva pensato di specificare il dettaglio delle sue ultime volontà, in un testamento che molte generazioni di ginnasiali hanno avuto modo di imparare a memoria: "...*Morto non mi si vesta. Mi s'avvolga nudo in un lenzuolo... Carro d'infima classe, quello dei poveri... E nessuno m'accompagni,... Bruciatemi. E il mio corpo, appena arso, sia lasciato disperdere; perché niente, neppure la cenere, vorrei avanzasse di me. Ma se questo non si può fare, sia l'urna cineraria portata in Sicilia e murata in qualche rozza pietra nella campagna di Girgenti, dove naqui*".

Mori, Pirandello, il dieci dicembre del trentasei, e malgrado le raccomandazzioni che si era premurato di lasciare, venne sepolto invece a Roma. Delle sue volontà solo la cremazione ebbe luogo. Né Mussolini né i parenti se la sentirono specialmente di assecondare il desiderio di spargere al vento le ceneri, pratica allora inaudita, prima ancora che illegale. Gli fecero un funerale solenne, come si conveniva a una gloria letteraria plenamente riconosciuta mentre era ancora in vita: il Nobel per la letteratura risaliva a due anni prima. Questo primo, fatto nell'immediatezza, rimane l'unico funerale normale su tre – diciamo: e mezzo – che le ceneri di Pirandello hanno subito

Pirandello tinha uma certa consideração por si mesmo, e outra completamente diferente pelas pessoas que o circundavam. Certamente não lhe agradava morrer, especialmente para depois ser obrigado a deixar a gestão dramatúrgica da própria morte a pessoas incompetentes. Tentando limitar os danos, muito tempo antes pensara em especificar detalhadamente suas últimas vontades num testamento que muitas gerações de estudantes acabariam por decorar: *"...Morto, não me vistam. Envolvam-me, nu, em um lençol... Carruagem de ínfima classe, aquela dos pobres... E ninguém me acompanhe... Incinerem-me. E meu corpo, assim que cremado, seja dispersado; porque nada, nem mesmo as cinzas, gostaria que sobrasse de mim. Mas se isso não for possível, a urna cinerária seja levada à Sicília e murada em alguma rústica pedra nos campos de Girgenti, onde nasci"*.[10]

Pirandello morreu em dez de dezembro de 1936, e, apesar das recomendações que tivera o cuidado de deixar, foi sepultado em Roma. A única de suas vontades respeitadas foi a cremação. Nem Mussolini, nem os familiares quiseram cumprir seu desejo de dispersar as cinzas ao vento, prática, na época, inconcebível, muito mais do que ilegal. Fizeram-lhe um funeral solene, como convinha a uma glória literária plenamente reconhecida ainda em vida: o Nobel de Literatura tinha-lhe sido concedido dois anos antes. Este primeiro funeral, feito no calor da hora, foi o único funeral normal em três – ou melhor: três e meio – que as cinzas de Pirandello tiveram no período

---

[10] Ver o testamento completo no final.

nell'arco di un quarto di secolo, prima di trovare una tumulazione che a questo punto si spera definitiva.

Al cimitero del Verano le ceneri rimasero per una decina d'anni, anche perché nel frattempo era scoppiata la guerra. Rimasero fino a quando, nel quarantasette, il sindaco democristiano di Agrigento, Lauricella, le reclamò a nome dell'intera comunità da lui rappresentata. Era un'Italia, quella dell'immediato dopoguerra, nella quale le urgenze erano molte e molto gravi, ma l'affare Pirandello possedeva una valenza altamente simbolica, per cui ritenne di interessarsene il capo del governo in persona. Alcide De Gasperi delegò l'organizzazione a un suo segretario. Vale la pena di ricordare che fra i collaboratori più stretti di De Gasperi, in quegli anni, c'era il giovane Giulio Andreotti. La storia non dice se sia stato lui il segretario designato all'organizzazione: ma considerata la dimestichezza che anche in seguito il futuro senatore a vita dimostrerà con le questioni siciliane, l'ipotesi è più che probabile. Chiunque fosse, lo pseudo Andreotti si mise in contatto con le forze armate americane, e il trasporto venne predisposto senza difficoltà, adoperando un volo speciale dell'aviazione alleata. Di scortare fisicamente l'urna si incaricò il professor Gaspare Ambrosini: di Favara, provincia di Agrigento, membro dell'as-

de um quarto de século, antes de encontrar um túmulo que, a esta altura, espera-se que seja definitivo.

As cinzas ficaram por uma dezena de anos no cemitério de Verano, até porque, nesse meio-tempo, estourou a guerra. Ficaram lá até que, em 1947, o prefeito democrata-cristão de Agrigento, Giuseppe Lauricella, reclamou-as em nome de toda a comunidade por ele representada. Na Itália do imediato pós-guerra, as urgências eram muitas e muito graves, mas o problema Pirandello possuía um valor altamente simbólico, por isso o chefe do governo cuidou pessoalmente dele. Alcide De Gasperi[11] delegou a organização a um seu secretário. Vale a pena recordar que, naqueles anos, entre os colaboradores mais chegados de De Gasperi estava o jovem Giulio Andreotti[12]. A história não diz se foi ele o secretário designado para a organização, mas, considerando a familiaridade que a seguir o futuro senador vitalício demonstraria com as questões sicilianas, a hipótese é mais do que provável. Quem quer que fosse, o pseudo-Andreotti entrou em contato com as Forças Armadas americanas, e o transporte foi arranjado sem dificuldades, usando um voo especial da aviação aliada. Para escolhar fisicamente a urna, encarregou-se o professor Gaspare Ambrosini, natural de Favara, província de Agrigento, membro da Assembleia Constituinte,

---

[11] Alcide De Gasperi (1881-1954) ocupou o cargo de primeiro-ministro italiano entre 1945 e 1953.

[12] Giulio Andreotti (1919-2013) ocupou por diversos mandatos o cargo de primeiro-ministro da Itália. A partir de 1991, foi senador vitalício por nomeação presidencial.

semblea costituente, futuro primo presidente della Corte Costituzionale e pirandelliano di stretta osservanza. A lui venne affiancato un agente di polizia col compito di sorvegliare e trasportare fisicamente l'urna, che era poi un vaso greco del quinto secolo avanti Cristo, di quelli a figure rosse, che era stato acquistato dal padre di Pirandello e apparteneva alla famiglia da molti anni. Per prevenire ogni rovesciamento o eventualità, Ambrosini lo aveva fatto riporre in una cassa di legno piena di segatura.

Il giorno del viaggio era di febbraio e faceva freddo. Lungi dall'essere Ciampino nuovamente agibile dopo i bombardamerti, con l'aeroporto di Fiumicino ancora molto di là da venire, l'unica pista utile nei dintorni di Roma si trovara a Guidonia. Fu lì che, arrivando di buon mattino, il professor Ambrosini trovò un aereo dell'Air Force quasi pronto al decollo. Ci furono delle presentazioni, uno scambio di credenziali, ma tutto molto rapido, nello stile efficiente dell'aviazione statunitense. La notizia di quel volo speciale si era però evidentemente diffusa, dato che sul posto si fecero trovare pure una decina di siciliani che avevano saputo di quell'occasione e pensavano di approfittarne, sempre se era possibile, per riuscire ad aggirare le difficoltà di spostamento attraverso l'Italia di quei tempi difficili. Il tutto, per giunta, gratis. Chiesero, insomma, un passaggio. Ambrosini cercò di capire come fossero al corrente di quel viaggio, ma non ci fu modo di saperlo. Illazione, pura illazione, è pensare che quella decina di bene informati

futuro primeiro presidente da Corte Constitucional e pirandelliano de carteirinha. A ele foi designado um agente de polícia com a tarefa de vigiar e transportar fisicamente a urna, que era um vaso grego do século V antes de Cristo, daqueles com figuras vermelhas, que havia sido comprado pelo pai de Pirandello e pertencia à família há muitos anos. Para prevenir qualquer queda ou outra eventualidade, Ambrosini havia mandado colocar a urna dentro de uma caixa de madeira cheia de serragem.

A viagem foi em fevereiro, e no dia fazia frio. Como o aeroporto de Ciampino estava longe de ser viável, após os bombardeamentos e com o aeroporto de Fiumicino ainda a ser construído, a única pista útil nas cercanias de Roma era em Guidonia. Foi ali que, chegando de manhã bem cedo, o professor Ambrosini encontrou o avião da Air Force quase pronto para a decolagem. Houve apresentações, uma troca de credenciais, mas tudo muito rápido, no estilo eficiente da aviação americana. Porém, a notícia daquele voo especial evidentemente se difundira, já que ao local compareceram também uma dezena de sicilianos que souberam daquela ocasião e pensavam aproveitá-la, se fosse possível, para conseguir contornar as dificuldades de deslocamento pela Itália daqueles tempos difíceis. E ainda por cima de graça. De modo que pediram uma carona. Ambrosini tentou descobrir como eles estavam ao corrente daquela viagem, mas não houve jeito de saber. Dedução, pura dedução, é pensar que aquela dezena de bem informados era a vanguarda da

fossero l'avanguardia della forza elettorale che negli anni successivi si sarebbe mobilitata a favore del presunto segretario di De Gasperi, e che quindi fosse stato lo stesso pseudo Andreotti ad avvertire i passeggeri non paganti: a buon rendere. Comunque sia, niente da eccepire trovò il professor Ambrosini e niente i piloti, purché fosse rispettata la capienza di sicurezza dell'aereo. L'imbarco avvenne alla spicciolata, i passeggeri avventizi presero posto dove potevano, e i piloti accesero i motori per cominciare le operazioni di rullaggio.

força eleitoral que, nos anos seguintes, iria se mobilizar a favor do suposto secretário de De Gasperi, e que, portanto, tivesse sido o próprio pseudo-Andreotti quem avisara os passageiros não pagantes: esperando retribuição. Seja como for, o professor Ambrosini não fez nenhuma objeção, e nem os pilotos, desde que fosse respeitada a capacidade de segurança da aeronave. O embarque aconteceu em pequenos grupos, os passageiros casuais tomaram assento onde puderam, e os pilotos ligaram os motores para começar as operações de taxiamento.

Nel frattempo, con l'intento di vincere l'imbarazzo di quel primo momento di conoscenza, uno dei passeggeri pensò di avviare un minimo di conversazione e domandò cosa ci fosse di tanto importante nella cassa di legno, che richiedesse addirittura un volo speciale per il trasporto. L'agente di scorta rispose che si trattava delle ceneri di Pirandello, e la cosa parve a tutti particolarmente significativa. Un altro dei passeggeri disse:

– Ah, il famoso Pirandello! Mi ricordo che nel suo testamento Pirandello aveva chiesto di spargere le sue ceneri al vento. Non vorrei che il destino decidesse d'accontentarlo proprio oggi, magari per cause accidentali.

Le sue parole furono accolte dal silenzio generale. Bisogna valutare che in quegli anni un viaggio in aereo non era frequente e spensierato come viene considerato oggi. E quello non era certo un volo di linea, ma un cargo militare, con tutte le scomodità del caso. Infine, c'è poco da sottovalutare la scaramanzia che anche in tempi moderni riguarda il viaggiare con un morto a bordo. Se a questo si aggiunge la frase infelice dell'anonimo passeggero, il quadro della iettatuta è completo. Chi era che aveva parlato? Chi poteva sapere quali fossero le sua doti augurali?

Queste domande rimbalzarono nella mente di ognuno dei presenti durante il lungo silenzio che seguì. Ciascuno dei passeggeri dovette fare i suoi calcoli. Fatto sta che pochi momenti prima del decollo, all'apice della tensione, uno di loro alzò

Nesse meio-tempo, com a intenção de vencer o embaraço daquele primeiro momento, um dos passageiros pensou em iniciar um mínimo de conversação e perguntou o que havia de tão importante na caixa de madeira que precisasse de um voo especial para o transporte. O agente de escolta respondeu que se tratava das cinzas de Pirandello, e isso pareceu particularmente significativo a todos. Outro passageiro disse:

– Ah, o famoso Pirandello! Lembro-me de que em seu testamento Pirandello pediu que suas cinzas fossem dispersadas ao vento. Não gostaria que o destino decidisse contentá-lo exatamente hoje, talvez por causas acidentais.

Suas palavras foram recebidas pelo silêncio geral. É preciso lembrar que, naqueles anos, uma viagem de avião não era frequente e tranquila como acontece hoje. E aquele não era certamente um voo de linha, mas um cargueiro militar, com toda sua falta de comodidade. Enfim, não dá para subestimar a superstição de viajar com um morto a bordo, superstição que ainda resiste, mesmo em tempos modernos. Se a isto juntarmos a infeliz frase do anônimo passageiro, o quadro do mau-olhado está completo. Quem havia falado? Quem poderia saber qual era sua capacidade de premonição?

Essas perguntas ecoaram na mente de cada um dos presentes durante o longo silêncio que se seguiu. Cada passageiro deve ter feito seus cálculos. O fato é que poucos instantes antes da decolagem, no ápice da tensão, um deles levantou a mão e disse

la mano e dichiarò di averci ripensato: chiese di scendere. In extremis i piloti vennero avvertiti, l'aereo fermò la rincorsa, venne aperto il portellone e il passeggero scese, pensando che in fondo per arrivare in Sicilia un altro mezzo doveva pur esserci. E dietro di lui ne scese un altro, poi un altro ancora e poi tutti, fino a quando sull'aereo rimasero nuovamente soli Ambrosini, il poliziotto – quest'ultimo pure lui turbato, ma fedele alla missione – e il presunto iettatore, ignaro di sé e dello scompiglio che aveva creato. Gli altri passeggeri, così come erano comparsi, sparirono rapidamente. I piloti, constatando lo strano andirivieni, tutta quella gente che prima fa di tutto per salire e poi decide improvvisamente di scendere, chiesero delucidazioni ad Ambrosini. Le spiegazioni avvennero per metà in inglese e per metà a gesti, ma furono lo stesso efficaci. Saputo che si trattava di un ripeasaraento scaramantico collettivo, segno residuo della mentalità retriva di certe persone ignoranti, i piloti annuirono e si consultarono fra loro. Nessuno può sapere cosa si dissero, ma il fatto è che da quel momento in poi cominciarono a frammettere una serie di difficoltà che, obiettò il professor Ambrosini, per essere credibili dovevano semmai essere avanzate in un primo tempo. Lui comunque aveva tutti i permessi in regola e non c'era nessun cavillo che tenesse. Alla fine di tanto tergiversara, però, quando ogni questione sembrava appianata, i motori dell'aereo si spensero. Al professor Ambrosini i piloti americani spiegarono, sempre in inglese gestuale, che di guasto si trattava. Guasto improvviso e imprevedibile: l'aereo non era in grado di partire. Ambrosini

ter repensado: pediu para descer. No último momento, os pilotos foram avisados, o avião parou na pista, a porta foi aberta e o passageiro desceu, pensando que, afinal de contas, devia haver outro meio de chegar à Sicília. E atrás dele desceu outro, depois mais outro e finalmente todos, até que dentro do avião restaram apenas Ambrosini, o policial – este último também preocupado, mas fiel à sua missão – e o pressuposto agourento, alheio de si e da confusão que havia criado. Os outros passageiros, assim como haviam surgido, desapareceram rapidamente. Os pilotos, constatando o estranho vai e vem, toda aquela gente que primeiro fez de tudo para embarcar e depois decidiu repentinamente descer, pediram explicações a Ambrosini. As explicações foram dadas metade em inglês e metade em gestos, mas mesmo assim foram eficientes. Ao saberem que se tratava de uma reconsideração supersticiosa coletiva, sinal residual da mentalidade atrasada de certas pessoas ignorantes, os pilotos concordaram e se consultaram. Não se sabe o que disseram, mas o fato é que, a partir daquele momento, começaram a criar uma série de dificuldades que, objetou o professor Ambrosini, para serem verdadeiras, deveriam, no mínimo, terem sido feitas logo de início. No entanto, ele estava com todas as permissões em ordem e não havia nenhum argumento para detê-lo. Ao final, depois de muitos rodeios, quando todos os problemas pareciam resolvidos, os motores do avião se desligaram. Os pilotos americanos explicaram ao professor Ambrosini, sempre em inglês gestual, que havia uma avaria. Avaria repentina e imprevisível: o avião não podia partir. Ambrosini poderia jurar que um minuto antes

veramente avrebbe giurato che un minuto prima i motori giravano al meglio, e la scusa lo convinceva poco. Non era degno di un popolo moderno credere in certe superstizioni. Ma è pur vero che l'esercito statunitense pullulava di italo-americani, e magari i due piloti avevano qualche antenato di origini proprio siciliane. Ci sono credenze difficili da perdere nell'arco di poche generazioni. Sta di fatto che, detto il minimo che c'era da dire, pure i piloti si dileguarono, e non ci fu modo di farli tornare indietro. Anche i residui passeggeri furono costretti a sbarcare e Ambrosini andò alla ricerca di un telefono dal quale poter avvertire De Gasperi del torto fatto all'incaricato della missione, modestamente, ma anche a Pirandello e all'Italia intera. Oltretutto c'era da considerare che ad Agrigento tutto era pronto per un funerale in pompa magna. Non c'era da perdere tempo, o tutte le celebrazioni sarebbero sfumate.

Sfortunatamente De Gasperi al telefono non si trovò o non si fece trovare. Di altri aerei, quindi, non se ne parlava. Il suo segretario, tuttavia, cercò di rimediare ricorrendo alle vie ordinarie: qualche giorno dopo, per Ambrosini venne prenotato un posto in treno, in modo da sfruttare la strada ferrata che era stata da poco ripristinata anche nel meridione.

Il giorno della partenza, alla stazione di Roma non si contavano i bivacchi di gente che aspettava l'occasione per prendere la direzione del sud, e appena il vagone arrivò sui binari la scena dell'assalto al mezzo si ripeté praticamente uguale a quella che era stata a Guidonia pochi giorni prima, e stavolta senza

os motores funcionavam muito bem, e a desculpa o convencia pouco. Não era digno de um povo moderno acreditar em certas superstições. Mas também é verdade que o exército americano pululava de ítalo-americanos, e talvez os dois pilotos tivessem algum antepassado de origem siciliana. Existem crendices difíceis de deixar de lado no arco de poucas gerações. De maneira que, depois de dizerem o mínimo que havia para dizer, os pilotos também desapareceram, e não teve jeito de fazê-los voltar atrás. Até os passageiros restantes foram obrigados a desembarcar e Ambrosini saiu à procura de um telefone de onde pudesse avisar De Gasperi da ofensa feita ao encarregado da missão, modestamente, mas também a Pirandello e a toda a Itália. Além disso, era preciso considerar que em Agrigento tudo estava pronto para um funeral de grande pompa. Não havia tempo a perder, ou todas as comemorações iriam por água abaixo.

Infelizmente, De Gasperi não foi encontrado por telefone, ou não se deixou encontrar. De outros aviões, nem pensar. Seu secretário, no entanto, tentou remediar a situação recorrendo às vias ordinárias: alguns dias depois, foi reservado para Ambrosini um lugar num trem, era possível utilizar a estrada de ferro que havia sido recentemente reconstituída até o sul.

No dia da partida, na estação de Roma, eram incontáveis as pessoas acampadas que esperavam a ocasião de ir para o sul, e, assim que o vagão chegou à plataforma, a cena do assalto ao transporte se repetiu praticamente igual à que acontecera em Guidonia poucos dias antes, desta vez sem que ninguém

bisogno per nessuno di chiedere permesso a nessuno. Passeggeri e bagagli finirono per occupare ogni angolo disponibile, ma per i resti di Pirandello venne trovato un posto di riguardo, vicino all'ingresso, nella nicchia dove di solito si mettono le valigie più grosse. Non ci furono domande sul contenuto della cassa, anche perché il treno era considerato un mezzo di trasporto a piova di iettatura. Il viaggio cominciò.

precisasse pedir nenhuma permissão. Passageiros e bagagens acabaram por ocupar todos os cantos disponíveis, mas para os restos de Pirandello foi encontrado um lugar de respeito, próximo à entrada, no nicho onde usualmente se colocam as malas maiores. Não houve perguntas sobre o conteúdo da caixa, mesmo porque o trem era considerado um meio de transporte à prova de mau-olhado. A viagem começou.

Nello scompartimento faceva caldo per effetto degli aliti e dei sudori di tante persone accalcate. Un tepore tutto sommato piacevole, considerata l'alternativa del freddo di una notte di febbraio, e da quel tepore il professor Ambrosini si lasciò sedurre dormendo fino all'alba.

Quando si svegliò, dopo tante ore, il treno era arrivato solo alla stazione di Salerno. Fuori dallo scompartimento faceva freddo e lui aveva voglia di fare pipì. Si alzò avvolgendosi in una coperta di fortuna, chiese permesso e si fece strada fra la folla dei passeggeri in dormiveglia. Arrivato in prossimità della toilette, ne approfittò per dare un'occhiata a Pirandello e vide che era scomparso.

Sul supporto dove l'aveva messa, la cassa non c'era più. Panico.

In un istante, Ambrosini ebbe tempo di immaginare l'onta nazionale che sarebbe derivata da un furto doppiamente sacrilego, dal punto di vista della religione e da quello della storia della letteratura. E la colpa sarebbe ricaduta su di lui, perché era stato lui a lasciare le ceneri incustodite. Tuttavia non si diede per vinto e cominciò subito a cercare su tutto il convoglio. In preda ad ansia mista a furore scrutò ovunque, scatenò il subbuglio. Aprì uno scompartimento dopo l'altro, svegliando chi dormiva, chiedendo testimonianze senza trovarne. Niente, niente, niente. Fin quando, all'ennesimo scompartimento perquisito, finalmente, trovò quel che cercava.

No compartimento fazia calor por causa da respiração e do suor de tantas pessoas aglomeradas. Um calor até bem agradável, considerando a alternativa do frio de uma noite de fevereiro, e o professor Ambrosini deixou-se seduzir por aquele calor dormindo até o amanhecer.

Quando acordou, depois de muitas horas, o trem chegara só à estação de Salerno. Fora do compartimento fazia frio e ele tinha vontade de fazer xixi. Levantou-se e, enrolado num cobertor de campanha, pediu licença e abriu caminho entre a multidão de passageiros que cochilava. Ao chegar perto do banheiro, aproveitou para dar uma olhada em Pirandello e viu que ele havia desaparecido.

A caixa não estava mais no suporte onde havia sido colocada. Pânico.

Imediatamente, Ambrosini teve tempo de imaginar a vergonha nacional que derivaria de um furto duplamente sacrílego, do ponto de vista da religião e da História da Literatura. E a culpa cairia sobre ele, pois fora ele a deixar as cinzas sem vigilância. Entretanto, não se deu por vencido e começou imediatamente a procurar em todo o comboio. Tomado por uma ansiedade misturada com furor, procurou por todos os lados, desencadeou um alvoroço. Abriu um compartimento depois do outro, acordando quem dormia, pedindo informações sem nada encontrar. Nada, nada, nada. Até que, no enésimo compartimento revistado, finalmente encontrou o que procurava.

Pirandello era lì, per terra, per nulla nascosto; anzi, messo in bella evidenza proprio in mezzo ai sedili. Quattro individui, che il professor Ambrosini successivamente descriverà nerastri *con baffi e incolte capellature*, stavano trascorrendo il tempo come potevano, come sempre fanno quattro maschi adulti meridionali quando hanno esaurito gli argomenti di conversazione: giocando a carte. E siccome sui treni non è previsto che a giocare siano in quattro, si erano cercati un supporto che facesse da tavolo da gioco per un'improvvisata partita a scopone. (Si resiste qui alla tentazione di suggerire che si trattasse di una partita *col morto*). Per questo utilizzo la cassa con le ceneri di Pirandello era sembrata perfetta. Ambrosini però non era d'accordo e, una volta superato il disorientamento, fece un'urlata all'indirizzo dei quattro, mandando a monte la partita e ottenendo la restituzione immediata della cassa. Uno dei giocatori ci rimase male e volle tenersi l'ultima parola:

– E che purtate, sterline?

Ambrosini non raccolse la provocazione e tornò al suo scompartimento portando stavolta le ceneri con sé. Mise la cassa sulla retina in alto, di fronte al suo posto a sedere e non la perse più di vista per tutto il viaggio, che fu lunghissimo: un giorno intero.

Passò il lungo attraversamento delle Calabrie e passò il macchinoso traghettamento dello stretto di Messina. Quando finalmente il treno giunse alla stazione di Aragona, a pochi chi-

Pirandello estava ali, no chão, não estava escondido, ao contrário, era bem visível no meio das poltronas. Quatro indivíduos, que o professor Ambrosini mais tarde descreveria como *morenos, descabelados e de bigode*, estavam passando o tempo como podiam, como sempre fazem quatro homens adultos meridionais quando não têm mais assunto para conversar: jogando cartas. E como nos trens não é previsto que sejam quatro jogadores, procuraram um suporte que servisse de mesa de jogo para uma partida improvisada de escopa. (Aqui, resistimos à tentação de sugerir que se tratasse de uma partida *com morto*). Por isso, a utilização da caixa com as cinzas de Pirandello parecera perfeita. Ambrosini, no entanto, não estava de acordo e, assim que se recuperou do susto, fez a maior gritaria com os quatro, acabou com a partida e exigiu a restituição imediata da caixa. Um dos jogadores não gostou e quis ter a última palavra:

— E o que tem aí, libras esterlinas?

Ambrosini não aceitou a provocação e voltou para seu compartimento, desta vez levando as cinzas consigo. Colocou a caixa na redinha — no alto, em frente à sua poltrona — e não a perdeu mais de vista durante toda a viagem, que foi longuíssima: um dia inteiro.

Passou por toda a longa Calábria e pela complicada travessia do estreito de Messina. Quando o trem finalmente chegou à estação de Aragona, a poucos quilômetros de Agrigento,

lometri da Agrigento, Ambrosini approfittò di una sosta per telefonare al sindaco e avvertirlo che stava per arrivare. Lauricella rispose che andava bene, ma che se avesse perso ancora un po' di tempo sarebbe stato anche meglio, perché all'ultimo momento erano sorte delle complicazioni.

Le complicazioni riguardavano il vescovo Giovan Battista Peruzzo, uomo di chiesa dalle radicate convinzioni, il quale nel frattempo aveva scoperto che nel caso di Pirandello non di corpo si trattava, ma di ceneri. Ceneri custodite all'interno di un vaso greco. Farsi cremare era considerato peccato, e mortale, dalla chiesa cattolica. Quando mai s'era visto il funerale cristiano di un vaso greco? Questo era poco ma sicuro: mai un uomo di chiesa della sua levatura avrebbe impartito la propria benedizione a un vaso. Di fronte a questo muro di dottrina, il sindaco Lauricella si vide perso: niente benedizione vescovile uguale niente funerali solenni; niente funerali solenni uguale fallimento su tutto il fronte.

Venne intavolata dunque una trattativa che si fece convulsa man mano che il treno si avvicinava, e quando Ambrosini dalla stazione di Aragona telefonò per dire che stava per arrivare, il sindaco era poco meno che disperato. Fu allora che monsignor Peruzzo decise di venire in suo soccorso e propose un compromesso: sebbene questo Pirandello fosse morto in odore di massoneria, e sebbene odore di massoneria emanasse da tutta l'operazione di rimpatrio, se il sindaco avesse messo le ceneri all'interno di una bara cristiana lui avrebbe accettato di chiudere un occhio e benedire quel che c'era da benedire. Le

Ambrosini aproveitou uma parada para telefonar ao prefeito e avisar que estava para chegar. Lauricella respondeu que estava bem, mas que se demorasse mais um pouco seria melhor, porque, no último momento, haviam surgido complicações.

As complicações referiam-se ao bispo Giovan Battista Peruzzo, homem de igreja com convicções radicais, o qual, nesse meio-tempo, havia descoberto que, no caso de Pirandello, não se tratava de um corpo, mas de cinzas. Cinzas acondicionadas dentro de um vaso grego. Fazer-se cremar era considerado pecado, e mortal, pela igreja católica. Onde se viu um funeral cristão de um vaso grego? Uma coisa era certa: um homem de igreja com sua envergadura nunca daria sua bênção para um vaso. Diante desse muro de doutrina, o prefeito Lauricella viu-se perdido: sem a bênção do bispo era o mesmo que sem funerais solenes; sem funerais solenes era o mesmo que um grande fracasso.

Assim, foi entabulada uma tratativa que se fez cada vez mais frenética à medida que o trem se aproximava, e quando Ambrosini telefonou da estação de Aragona para dizer que estava para chegar, o prefeito estava pouco menos do que desesperado. Foi então que o monsenhor Peruzzo decidiu vir em seu socorro e propôs um acordo: apesar desse Pirandello ter morrido com cheiro de maçonaria, e apesar do cheiro de maçonaria emanar de toda a operação de repatriamento, se o prefeito colocasse as cinzas dentro de um caixão cristão, ele aceitaria fechar os olhos e abençoar o que havia para abençoar. As apa-

apparenze sarebbero state salve e il funerale religioso si sarebbe potuto fare ugualmente.

Il sindaco baciò l'anello, ma ormai i minuti erano contati. Un emissario andò allora a procurarsi una bara, salvo scoprire che presso l'agenzia di pompe funebri che riforniva il comune non ne avevano pronta nemmeno una. Anzi, una sì: ma piccola, di quelle bianche, usate per i bambini. Non c'era tempo: andava bene quella.

Quando il treno arrivò alla stazione di Agrigento la folla di autorità e semplici cittadini che là si era radunata dovette pazientare ancora. La banda attaccò a suonare e più volte ripetè il suo repertorio intanto che, da dietro, i necrofori caricavano la piccola bara sul treno e preparavano la confezione funeraria. Ci volle del tempo, perché la cassa era troppo grande, non c'entrava. Allora eliminarono la cassa e nella bara riposero soltanto l'urna, che però era troppo piccola, e rischiava di rovesciare le ceneri durante il trasporto. Dovettero trovare un sistema per far si che stesse ferma al suo posto, senza essere sballottata. L'operazione era complicata, ma alla fine riuscì. Il comitato d'onore e due vigili urbani in alta uniforme presero in consegna il feretro, e il funerale pote cominciare.

Il trasporto per le vie di Agrigento fu per enfasi il colpo di grazia a tutte le volontà di discrezione funebre espresse da Pirandello nel suo testamento. In compenso di quella cerimonia furono contenti e orgogliosi in molti: il professor

rências estariam salvas e o funeral religioso poderia ser feito da mesma forma.

O prefeito beijou o anel, mas os minutos já estavam contados. Um emissário foi mandado em busca de um caixão, até descobrir que na agência funerária que fornecia para o município não havia nenhum caixão disponível. Aliás, havia um: pequeno, daqueles brancos, usados para crianças. Não havia tempo: aquele mesmo servia.

Quando o trem chegou à estação de Agrigento, a multidão de autoridades e simples cidadãos que estava ali reunida ainda teve que esperar pacientemente. A banda começou a tocar e repetiu várias vezes seu repertório, enquanto, por trás, os coveiros colocavam o pequeno caixão dentro do trem e preparavam a embalagem funerária. Foi preciso tempo, porque a caixa era muito grande, não cabia. Então eliminaram a caixa e colocaram somente a urna no caixão, que, no entanto, era muito pequena e podia derramar as cinzas durante o transporte. Foi preciso achar um sistema para que esta ficasse firme em seu posto, sem balançar. A operação era complicada, mas ao final deu certo. O comitê de honra e dois guardas municipais em uniforme de gala pegaram o féretro, e o funeral pôde começar.

O transporte pelas ruas de Agrigento, por seu exagero, foi um golpe mortal a todas as vontades de discrição fúnebre expressas por Pirandello em seu testamento. Em compensação, muitos ficaram contentes e orgulhosos com a cerimônia: o professor

Ambrosini che aveva portato a termine la sua missione, il sindaco Lauricella che aveva conseguito il bel risultato di iscrivere post mortem Pirandello alla causa democratica cristiana, e il vescovo Peruzzo, appagato dall'aver salvato l'apparenza del contenitore pur astenendosi dal benedire il contenuto. Leonardo Sciascia, nel rievocare quella giornata memorabile, descrive quanto contento e orgoglioso fosse pure il popolo di Agrigento, che accalcandosi lungo le strade salutò il ritorno del genio cittadino, chiedendosi solo, semmai, come facesse un così grand'uomo a entrare in una bara tanto piccola.

Ambrosini, que cumprira sua missão, o prefeito Lauricella, que conseguira o bom resultado de inscrever *post mortem* Pirandello na causa democrata-cristã, e o bispo Peruzzo, satisfeito por ter salvo a aparência da embalagem mesmo abstendo-se de abençoar o conteúdo. Leonardo Sciascia[13], ao relembrar aquele dia memorável, descreve quão contente e orgulhoso estava também o povo de Agrigento, que, aglomerando-se ao longo das ruas, saudou o retorno do gênio da cidade, perguntando-se apenas, se tanto, como era possível um homem tão grande entrar num caixão tão pequeno.

---

[13] Leonardo Sciascia (1921-1989), escritor siciliano grande admirador da obra de Pirandello.

Finito il funerale, però, non finisce la storia. L'urna che conteneva le ceneri venne conservata in maniera provvisoria, per alcuni anni, all'interno della casa natale di Pirandello. Si aspettava che fosse pronto il monumento funebre ai piedi del famoso pino del Caos. Quel pino che oggi è anche lui buonanima, scheletrito da una tempesta alla fine degli anni novanta. Il progetto prevedeva un monumento molto semplice, firmato dallo scultore Marino Mazzacurati. In pratica, un grosso macigno sbozzato alla meno peggio. Tanto semplice doveva essere, ed è, che non si spiega il tempo necessario a realizzarlo: quindici anni. Durante il tempo intercorso, i visitatori della casa-museo potevano ammirare l'urna greca con le ceneri di Pirandello collocata su uno scaffale. La si riconosceva anche perché era protetta da un cinturato di automobile, accessorio che secondo lo zelante custode della casa doveva servire a preservare il vaso da cadute accidentali.

Il monumento funebre destinato a ospitare definitivamente i resti di Pirandello fu pronto solo nel sessantadue. Ed era ancora una volta una mattina d'inverno, quella fissata per la definitiva tumulazione delle ceneri. Esiste un filmato in bianco e nero di quell'evento. Fra la folla dei presenti si riconoscono Salvatore Quasimodo e un giovane Leonardo Sciascia. Non c'era, invece, ancora una volta, Marta Abba, che era mancata per ragioni di

Porém, terminado o funeral, a história não termina. A urna que continha as cinzas foi guardada provisoriamente, por alguns anos, na casa em que Pirandello nasceu. Esperava-se que estivesse pronto o monumento fúnebre aos pés do famoso pinheiro do Caos. Aquele pinheiro que hoje também é uma lembrança, atingido por um raio no final dos anos 1990. O projeto previa um monumento muito simples, assinado pelo escultor Marino Mazzacurati. Na prática, uma grande pedra rusticamente esboçada. Devia ser tão simples, e é, que não se explica o tempo que foi necessário para executá-lo: quinze anos. Durante esse tempo, os visitantes da casa-museu podiam admirar a urna grega com as cinzas de Pirandello colocada numa estante. Podia-se reconhecê-la porque estava protegida por um pneu de automóvel, acessório que, segundo o cuidadoso zelador da casa, servia para preservar o vaso de quedas acidentais.

O monumento fúnebre destinado a receber definitivamente os restos de Pirandello ficou pronto em 1962. E mais uma vez o sepultamento definitivo das cinzas foi marcado para uma manhã de inverno. Existe um filme em branco e preto do evento. Entre a multidão presente é possível reconhecer Salvatore Quasimodo[14] e um jovem Leonardo Sciascia. Marta Abba[15], entretanto, mais uma vez não estava, faltara também

---

[14] Salvatore Quasimodo (1901-1968), poeta siciliano, ganhador do Prêmio Nobel de Literatura de 1959.

[15] Marta Abba (1903-1988), atriz predileta e musa de Pirandello.

lavoro pure a entrambi i precedenti funerali. L'amore senile di Pirandello si sarebbe presentato ad Agrigento solo molti anni dopo, ormai raggiunta persino lei dalla vecchiaia: in quell'occasione, di fronte alla tomba e a favore di un piccolo pubblico, interpretò la scena madre del suo dolore a scoppio ritardato.

Ma prima della cerimonia, quella mattina del sessantadue, bisognava procedere a un'operazione preliminare. A venire incastonata nel monumento di Mazzacurati sarebbe stata non l'urna greca che aveva ospitato le ceneri fino ad allora, ma un nuovo contenitore di moderna fattura. Del travaso delle ceneri venne incaricato un funzionario del comune, il dottor Zirretta, il quale si presentò di buon ora per procedere con calma, prima che troppa gente rischiasse di distrarlo dall'operazione. Zirretta mise su un tavolo un foglio di giornale, tolse il copertone d'intorno all'urna e ripose quest'ultima alla sua sinistra. Alla destra, invece, collocò l'urna di destinazione, in alluminio. La prima difficoltà fu che dopo i tanti anni trascorsi, le ceneri si erano calcificate diventando durissime, e fu necessario scalpellarle fino a ridurle nuovamente allo stato di polvere. Dopodiché, con un mestolo o un cucchiaio, Zirretta procedette al travaso vero e proprio. Una cucchiaiata dopo l'altra, le ceneri di Pirandello cominciarono a trovare la loro collocazione definitiva. Dall'urna d'origine, a sinistra, a quella di destinazione, sulla destra.

Che era, Zirretta si rese conto verso la fine del lavoro, leggermente più piccola. In definitiva, pur avendo colmato l'urna d'alluminio fino all'orlo, gli avanzavano circa cento grammi di ceneri.

por razões de trabalho aos funerais anteriores. O amor senil de Pirandello iria a Agrigento somente muitos anos mais tarde, ela também já tendo atingido a velhice: nessa ocasião, diante da tumba e para um pequeno público, interpretou a grande cena de sua dor de ação retardada.

Mas antes da cerimônia, naquela manhã de 1962, era preciso executar uma ação preliminar. A urna a ser inserida no monumento de Mazzacurati não era a urna grega que até então havia guardado as cinzas, mas um novo recipiente de formas mais modernas. Um funcionário da prefeitura, o doutor Zirretta, foi encarregado de transferir as cinzas. Ele chegou bem cedo para trabalhar com calma, antes que a presença de muita gente o distraísse durante a operação. Zirretta colocou uma folha de jornal em cima de uma mesa, tirou o pneu que envolvia a urna e a colocou à sua esquerda. À direita, colocou a urna de destino, em alumínio. A primeira dificuldade foi que, depois de terem se passado tantos anos, as cinzas haviam se calcificado, tornando-se duríssimas; foi necessário escavá-las até deixá-las novamente em estado de pó. Depois, com uma concha ou com uma colher, Zirretta começou a transferência. Uma colherada depois da outra, as cinzas de Pirandello começaram a passar para seu local definitivo. Da urna de origem, à esquerda, para a de destino, à direita.

Zirretta deu-se conta, ao final do trabalho, que a urna de destino era ligeiramente menor. Mesmo tendo enchido a urna de alumínio até a borda, sobraram cerca de cem gramas de cinzas.

Zirretta era un semplice erudito agrigentino, e come tale non era tenuto a possedere spirito di iniziativa. Tuttavia quella mattina si trovò a decidere in solitudine cosa fare di un etto di premio Nobel per la letteratura. Non era un problema da poco: si trovava di fronte a una responsabilità che lo esponeva al giudizio del mondo e della storia. Fra non molto sarebbe cominciata la cerimonia ufficiale. Bisognava decidersi.

E Zirretta decise per il meglio. Avvolse le ceneri che gli avanzavano nel foglio di giornale. Erano le prime ore del mattino, in giro non c'era ancora nessuno, quando Zirretta uscì dalla casa e cercò un luogo particolarmente significativo.

Quando credette di averlo individuato, cercò le parole adatte a un momento solenne. Ma prima che riuscisse a trovarle, un vento si levò e le ceneri volarono via senza aspettare altro. Fu così che l'estremo desiderio di Pirandello *(...E il mio corpo, appena arso, sia lasciato disperdere; perché niente, neppure la cenere, vorrei avanzasse di me)* venne esaudito almeno in parte.

Ancora oggi l'urna greca che per un quarto di secolo aveva contenuto le ceneri si trova esposta al museo archeologico di Agrigento. In tempi recenti è stata nuovamente aperta, e al suo interno sono state trovate incrostazioni e frammenti d'osso carbonizzati. A quanto pare, malgrado lo zelo del dottor Zirretta, avanzava ancora un po' di Pirandello. Queste ultime ceneri sono state raccolte e inviate a un laboratorio per esse-

Zirretta era um simples erudito agrigentino, e como tal não se esperava que tivesse espírito de iniciativa. Todavia, naquela manhã precisou decidir sozinho o que fazer com cem gramas de prêmio Nobel de Literatura. Não era um problema pequeno: estava diante de uma responsabilidade que o expunha ao julgamento do mundo e da História. Dentro em pouco começaria a cerimônia oficial. Era preciso decidir.

E Zirretta decidiu pelo melhor. Embrulhou as cinzas que sobraram na folha de jornal. Eram as primeiras horas da manhã, ainda não havia ninguém por perto quando Zirretta saiu da casa e procurou um lugar particularmente significativo.

Quando acreditou tê-lo encontrado, buscou as palavras adequadas para um momento solene. Mas antes que conseguisse encontrá-las, levantou-se um vento e as cinzas voaram sem esperar mais nada. Foi assim que o último desejo de Pirandello (*...E meu corpo, assim que cremado, seja dispersado; porque nada, nem mesmo as cinzas, gostaria que sobrasse de mim*) foi atendido, ao menos em parte.

Ainda hoje, a urna grega, que por um quarto de século contivera as cinzas, está exposta no museu arqueológico de Agrigento. Recentemente foi novamente aberta, e dentro dela foram encontrados incrustações e fragmentos de ossos carbonizados. Ao que parece, apesar do zelo do doutor Zirretta, ainda sobrava um pouco de Pirandello. Estas últimas cinzas foram recolhidas e enviadas a um laboratório para serem submetidas a

re sottoposte all'esame del dna. Uno di quegli esami che si fanno solo perché la modernità offre tutta una serie di vantaggi, ed è un peccato non approfittarne. Il risultato però è stato sorprendente. Gli esperti hanno stabilito che le ceneri residue appartenevano a Pirandello solo in minima parte. L'ipotesi più verosimile è che a suo tempo, nel forno crematorio, qualcuno abbia fatto confusione fra una bara e l'altra, consegnando ai parenti e alla storia un'urna ripiena delle ceneri di corpi diversi. Capita abbastanza spesso, a quanto pare.

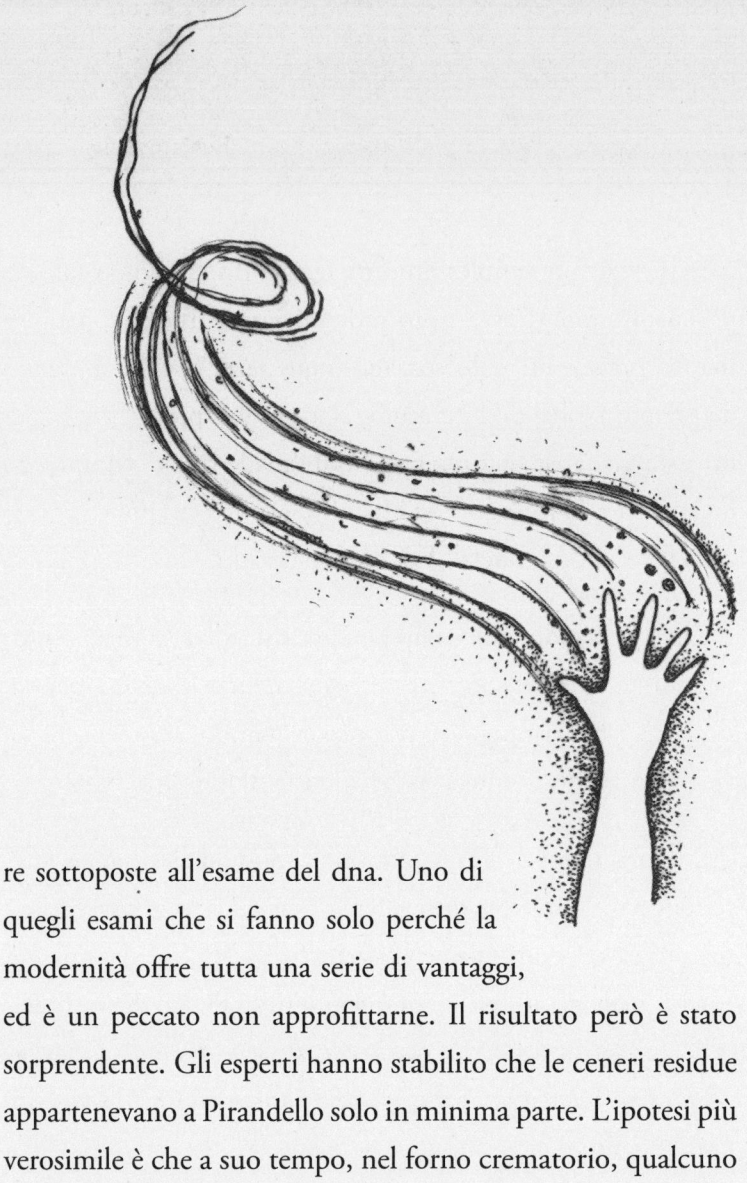

Nell'urna solenne era finita una miscellanea di Pirandello e degli anonimi poveracci che erano stati cremati prima di lui. Finale anche questo molto pirandelliano, a pensarci bene: uno, nessuno e centomila.

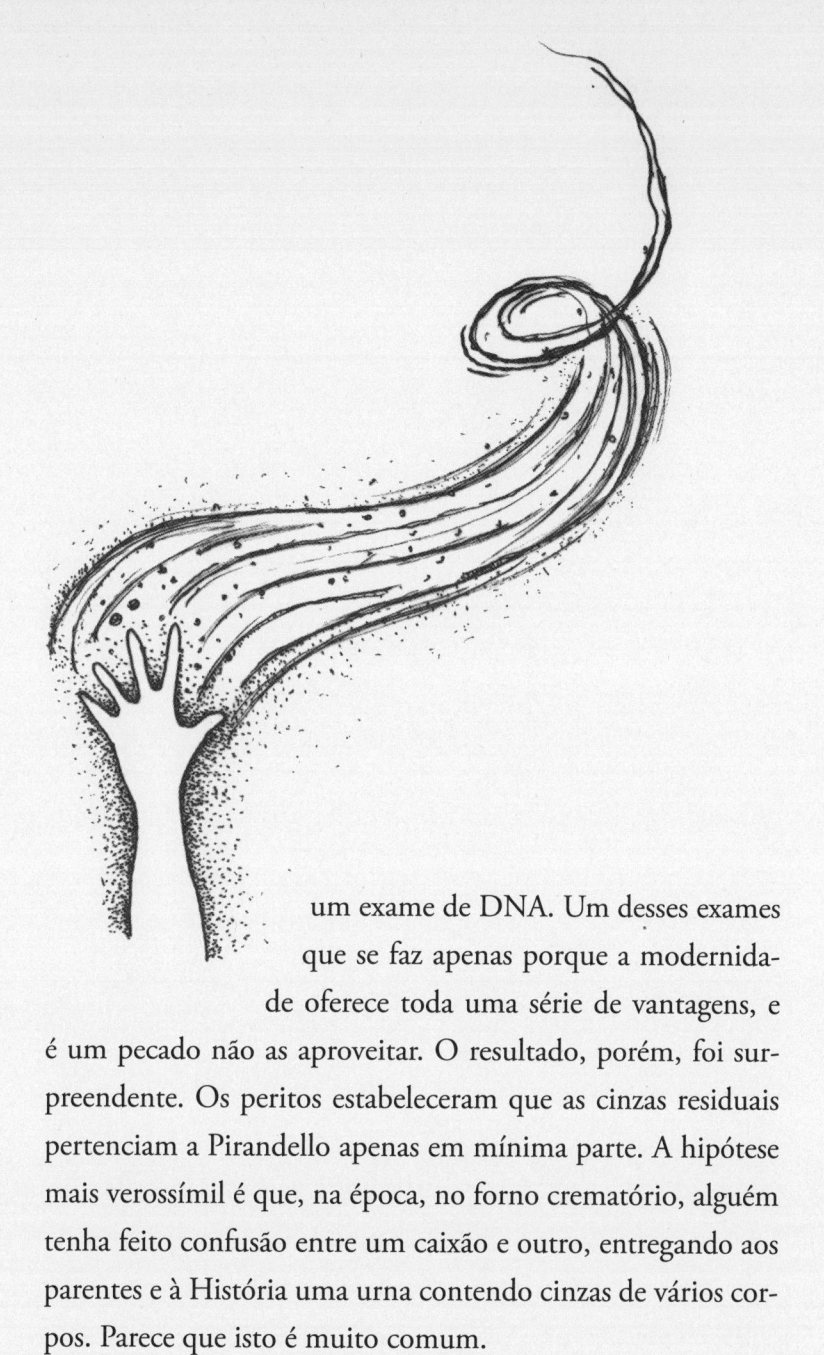

um exame de DNA. Um desses exames que se faz apenas porque a modernidade oferece toda uma série de vantagens, e é um pecado não as aproveitar. O resultado, porém, foi surpreendente. Os peritos estabeleceram que as cinzas residuais pertenciam a Pirandello apenas em mínima parte. A hipótese mais verossímil é que, na época, no forno crematório, alguém tenha feito confusão entre um caixão e outro, entregando aos parentes e à História uma urna contendo cinzas de vários corpos. Parece que isto é muito comum.

Na urna solene fora parar uma miscelânea de Pirandello e dos pobres anônimos que tinham sido cremados antes dele. Pensando bem, um final até que bem pirandelliano: um, nenhum e cem mil.

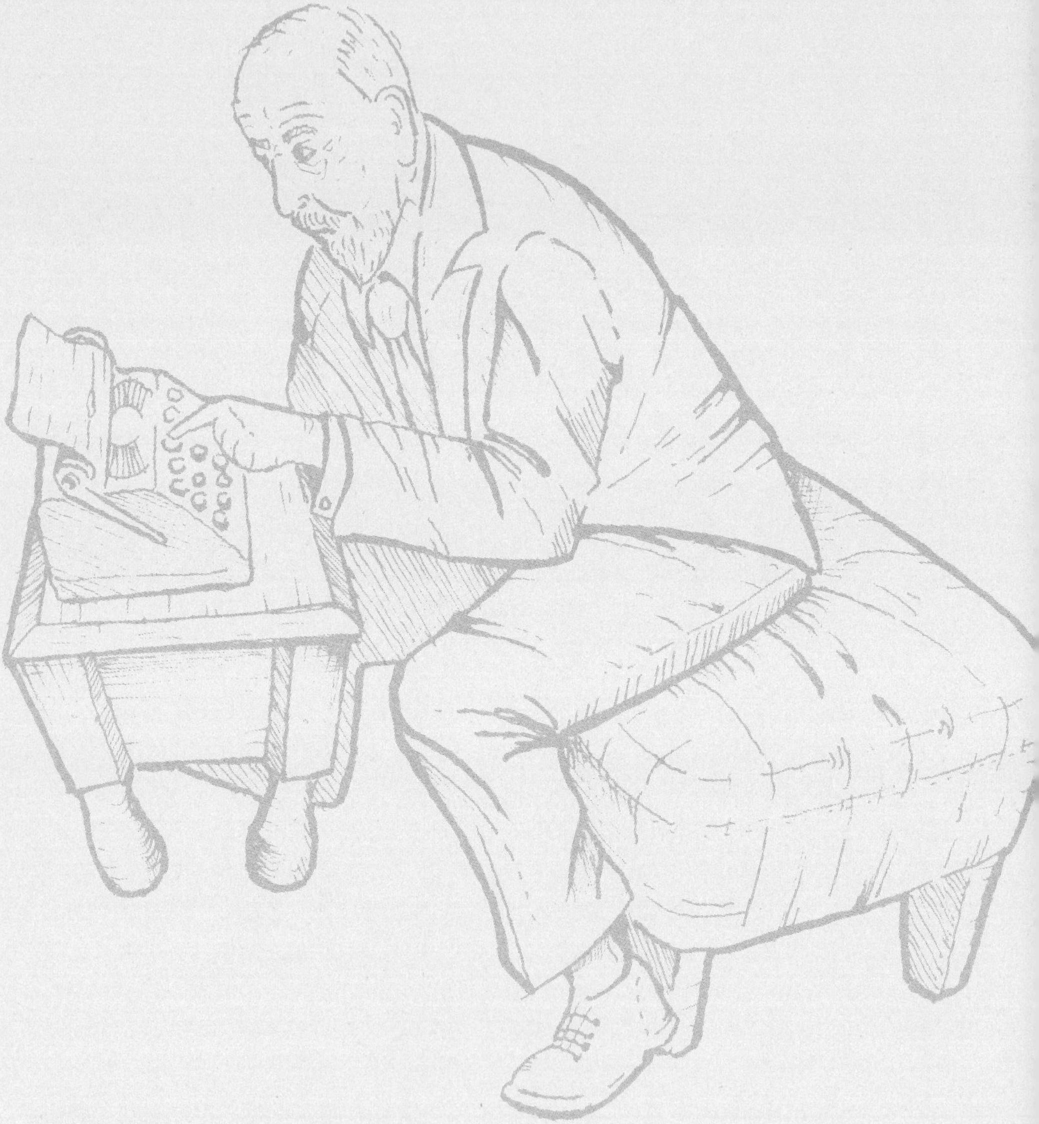

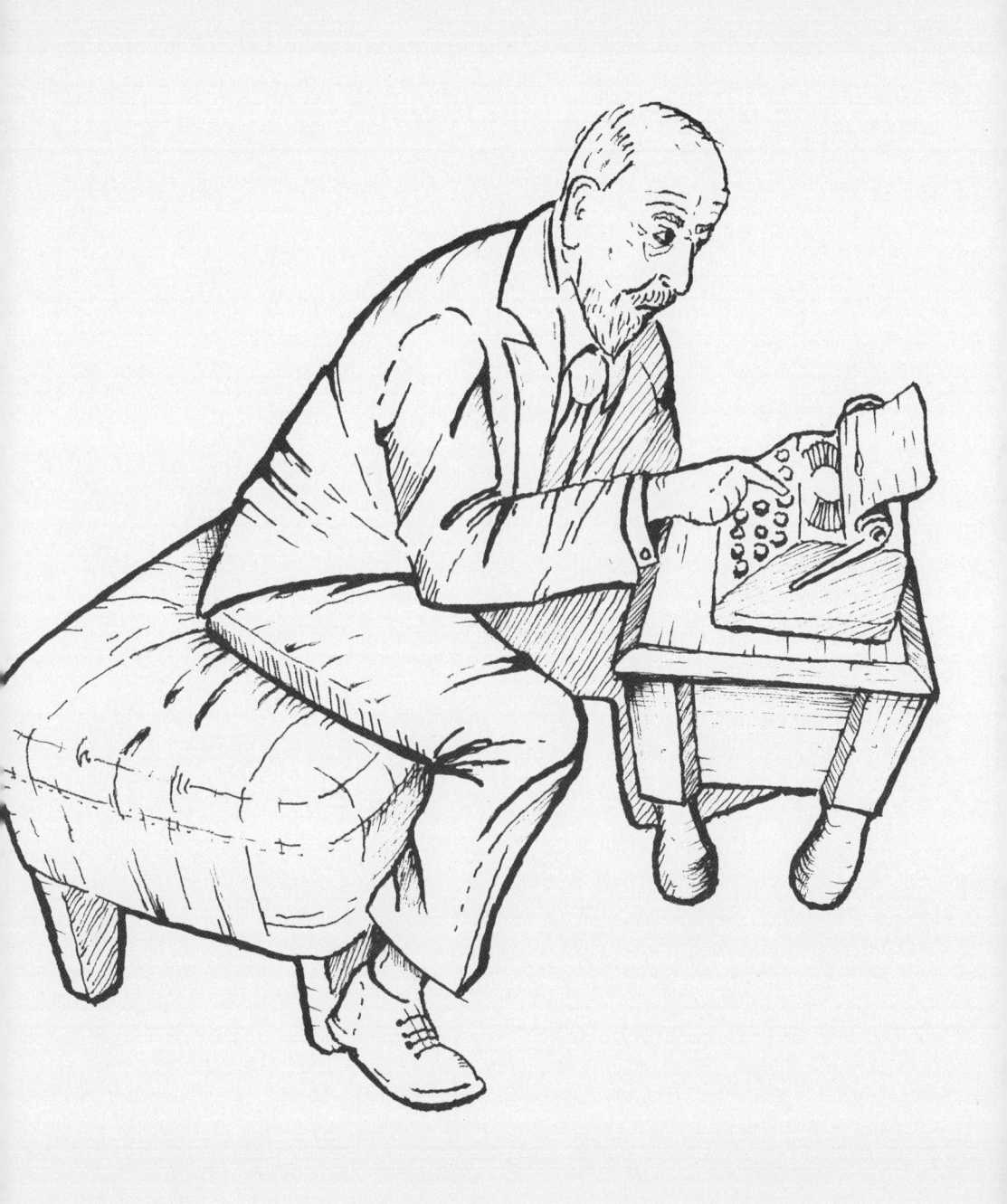

Testamento di Luigi Pirandello

"Mie ultime volontà da rispettare"

I. Sia lasciata passare in silenzio la mia morte. Agli amici, ai nemici preghiera non che di parlarne sui giornali, ma di non farne pur cenno. Né annunzi né partecipazioni.

II. Morto, non mi si vesta. Mi s'avvolga, nudo, in un lenzuolo. E niente fiori sul letto e nessun cero acceso.

III. Carro d'infima classe, quello dei poveri. Nudo. E nessuno m'accompagni, né parenti né amici. Il carro, il cavallo, il cocchiere e basta.

IV. Bruciatemi. E il mio corpo, appena arso, sia lasciato disperdere, perché niente, neppure la cenere, vorrei avanzasse di me. Ma se questo non si può fare sia l'urna cineraria portata in Sicilia e murata in qualche rozza pietra della campagna di Girgenti, dove nacqui.

Luigi Pirandello

Testamento de Luigi Pirandello

"Minhas últimas vontades a serem respeitadas"

I. Minha morte seja deixada passar em silêncio. Aos amigos, aos inimigos, prece, não apenas não falar aos jornais, mas não fazer nenhuma alusão. Nem anúncios, nem participações.

II. Morto, não me vistam. Envolvam-me, nu, num lençol. E nada de flores no leito e nenhuma vela acesa.

III. Carruagem de ínfima classe, aquela dos pobres. Nu. E ninguém me acompanhe, nem parentes, nem amigos. A carruagem, o cavalo, o cocheiro e basta.

IV. Incinerem-me. E meu corpo, assim que cremado, seja dispersado; porque nada, nem mesmo as cinzas, gostaria que sobrasse de mim. Mas se isso não for possível, a urna cinerária seja levada à Sicília e murada em alguma rústica pedra nos campos de Girgenti, onde nasci.

Luigi Pirandello

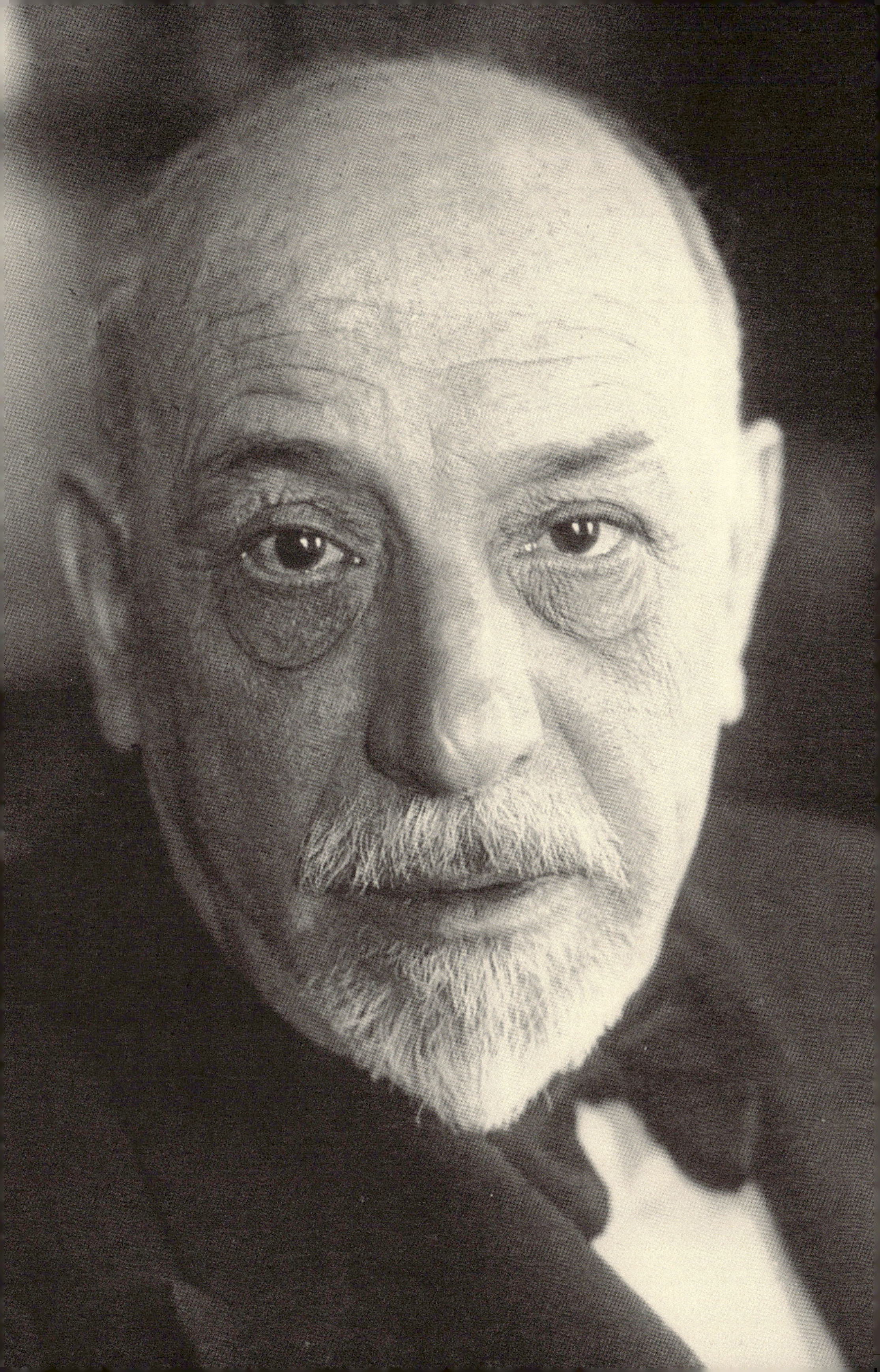

Sobre o autor

Roberto Alajmo (Palermo 1959). Escritor e dramaturgo, é autor de ensaios, contos e romances, entre os quais podemos recordar: *Repertorio dei pazzi della città di Palermo* [Repertório dos loucos da cidade de Palermo]; *Cuore di madre* [Coração de mãe]; *È stato il figlio* [A culpa é do filho]; *Palermo è una cipolla* [Palermo é uma cebola]. Seus livros já foram traduzidos para o inglês, o francês, o alemão, o sueco e o holandês.

Título original: *Le ceneri di Pirandello*
© Roberto Alajmo 2008
Para a tradução em português
© Editora Nova Alexandria Ltda. 2022.

Todos os direitos reservados.
Editora Nova Alexandria Ltda.
Rua Engenheiro Sampaio Coelho 111/113
04261-080 – São Paulo/SP
Telefone: 11-2215-6252
https://editoranovaalexandria.com.br

Tradução: Francisco Degani
Ilustrador: Ivan Medeiros
Coordenação editorial: Francisco Degani
Revisão: Renata Melo
Projeto gráfico: Antonio Kehl
Capa: Antonio Kehl

Dados Internacionais de Catalogação na Publicação (CIP)
Tuxped Serviços Editoriais (São Paulo, SP)
Ficha catalográfica elaborada pelo bibliotecário Pedro Anizio Gomes - CRB-8 8846

A317c Alajmo, Roberto.
As cinzas de Pirandello / Roberto Alajmo; Tradução de Francisco Degani; ilustrações de Ivan Medeiros. – 1. ed. – São Paulo, SP : Editora Nova Alexandria, 2022.
32 p.; 16 x 23 cm.

Título original: Le ceneri di Pirandello.
ISBN 978-65-86189-94-0.

1. Bilingue Italiano-Português. 2. Humor. 3. Literatura Italiana. 4. Luigi Piriandelo. I. Título. II. Assunto. III. Autor.

CDD 853
CDU 82-31 (450)

ÍNDICE PARA CATÁLOGO SISTEMÁTICO
1. Literatura italiana: Romance.
2. Literatura: Romance (Itália).